Geboren 1937

Ein verändertes Leben

Die Suche nach meinen jüdischen Wurzeln

Monika Peterhans

Impressum

BoD-Nr.: 21836395
ISBN: 9783758330377

Lektorat:
Layoutworld Brankers

Cover und Layout:
Layoutworld Brankers, www.layoutworld.net

Herstellung und Verlag:
BoD – Books on Demand,
Norderstedt, Deutschland

Geboren 1937

Ein verändertes Leben

Die Suche nach meinen
jüdischen Wurzeln

Monika Peterhans

Vorwort

Familiengeheimnisse. Kommen sie ans Licht, werden jene, die sie offenbaren, oft schuldig gesprochen. Dabei haben sie die Missstände nicht verursacht, sondern weisen nur auf diese hin. Wir bitten um Gespräche, die Klarheit bringen könnten, Bestätigung für das Gewesene und Mitgefühl für das Erlittene. Nur selten mit Erfolg.

Mit Familiengeheimnissen kenne ich mich aus. Das Unausgesprochene und Verdrängte hatte in meinem Fall Konsequenzen auf mein ganzes Leben. Als ich mich auf die Suche nach meinen jüdischen Wurzeln begab, in der Hoffnung bei noch lebenden Familienmitgliedern und Menschen aus dem Dorf und den umliegenden Ortschaften mehr zu erfahren, stiess ich im katholischen und konservativen Umfeld auf Ablehnung, und gleichzeitig versuchte man, meine Glaubwürdigkeit in Frage zu stellen. Ich wurde mit manchen Menschen einer Generation konfrontiert, die lieber schweigen und das Reden vielleicht auch nie gelernt haben. Nichts sollte ans Tageslicht gelangen und, obwohl ich bereits einiges wusste und mich frühe Erinnerungen an meinen jüdischen Vater begleiteten, schwieg auch ich in meinem ersten Buch, das im Jahr 2000 publiziert wurde. In der Zwischenzeit bin ich 87 Jahre alt und will nicht mehr schweigen: „Meine Identität ist jüdisch".

Auch im Willen anderen zu helfen, das Schweigen zu überwinden, berichte ich in diesem Buch über Dinge, die manche Menschen lieber ruhen lassen möchten. Ich tue es in der Überzeugung, dass Familiengeheimnisse gelüftet werden müssen. Denn nur so kann das eigene Schicksal aber auch dasjenige nachfolgender Generationen verändert werden. Wird geschwiegen, vererben sich die Scham und die Schuld weiter und falsche Vorstellungen bleiben bestehen.

Monika Peterhans, im Frühling 2024

Kraft und Präsenz

Um meine Geschichte zu erzählen, beginne ich mittendrin: Mit einer Matratze und wenigen Möbeln aus meinem Kosmetikstudio, das ich bis zu diesem Zeitpunkt im Familienhaus betrieben hatte, startete 1983 mein erzwungenes, neues Leben. In den ersten Wochen des Alleinseins erlebte ich die Einsamkeit in der extremsten Form und die gewonnene „Freiheit" verursachte entsetzlichen Schmerz. Mein ehemaliger Bekanntenkreis hatte sich in der Zwischenzeit quasi in Luft aufgelöst. Einige fanden meine Verzweiflung und das damit verbundene Streben nach Veränderung mehrheitlich unerhört und unnötig. Wäre es anders gewesen, hätten sie vielleicht ihre eigenen Werte und Lebensweisen hinterfragen müssen. Meinem Mann, der mir die Unterstützung in einer schwierigen Lebensphase entzog und mir innerlich die Türe wies, kannte man als kultivierten und intellektuellen Menschen, der gut für die Familie gesorgt hatte. Während er als Heiliger wahrgenommen wurde, auch weil man nicht hinter die Fassaden blicken und einfach glauben wollte, was in Umlauf gebracht wurde, legte man die Trennung allein mir zur Last. Ich verlor alles: meinen materiellen Besitz und, was tausend Mal schlimmer war, auch meine Kinder, die glaubten, was andere erzählten: Sie hat die Familie einfach verlassen. Erst als ich mich Jahrzehnte später erneut mit diesem Schicksal auseinanderzusetzen begann, erkannte ich, dass meine damalige eigene Wahrnehmung getrübt oder vielmehr nicht komplett gewesen war, weil ich vieles noch nicht wusste. Heute weiss ich, was wirklich geschehen ist und spreche in diesem Buch ebenfalls aus, was ich in Erfahrung bringen konnte.

Doch der Reihe nach: Als ich nach Monaten des Alleinseins langsam wieder klar denken und fühlen konnte, sah ich überall Menschen, die ihr Glück im Aussen und bei anderen suchen. In sich selbst Zärtlichkeit, Geborgenheit und Schutz zu finden, war eine wunderbare Vorstellung. Ich ahnte, dass ich das nicht erreichen kann, wenn ich weiterhin in jenen Strukturen und Denkweisen verharre, die mein Unglück bisher genährt hatten, wozu vor allem die Selbstverneinung gehörte. Meinen eigenen Weg zu gehen, erforderte Kraft und Mut und im Verlauf von vielen Jahren befreite ich mich von Zwängen, lernte mich kennen, wurde handlungsfähig.

Doch in den Anfängen blieb die neue Lebenssituation vor allem mit vielen Unsicherheiten und widersprüchlichen Gefühlen verbunden. Ich bildete mich in der Astrologie weiter und konsultierte 1983 auf der Suche nach Halt und Erklärungen für das Verhalten meines Ex-Mannes ein Medium. Die Sitzung verlief gut, jedoch fast bis zum Schluss ohne augenöffnende Informationen. Als ich mich verabschiedete und bereits unter der Türe stand, fragte mich die Frau, ob ich wisse, dass ich im Garten meines Elternhauses unter den beiden Holunderbäumen gezeugt worden sei. Diese existierten in meiner Kindheit tatsächlich, waren in der Zwischenzeit aber längst gefällt worden, ein Umstand, den das Medium nicht kennen konnte. Spontan bezog ich diese Aussage auf meinen Vater, also jenen Mann, bei dem ich aufgewachsen war. Doch sie fragte nach: Ob ich wisse, dass ich einen jüdischen Vater habe. Ich reagierte perplex. 1937 geboren und in einem kleinen Dorf im Kanton Aargau auf dem Land aufgewachsen, hätte man ihre Botschaft als Hirngespinst abtun können. Allerdings lagen in unmittelbarer Nähe die beiden Gemeinden Endingen und Lengnau. Bei den zum Surbtal gehörenden Dörfern handelte es sich zwischen dem 17. und dem 19. Jahrhundert um die beiden einzigen Ortschaften, in denen sich Juden in der Schweiz dauerhaft niederlassen und Gemeinden bilden durften. Da den jüdischen Mitbürgern die Ausübung vieler Tätigkeiten untersagt war, verdienten viele von ihnen ihr Geld noch Mitte des 20. Jahrhunderts als Hausierer. Eimer und Putzlappen, Bürsten und Besen, Seife und Scheren, die in den Haushaltungen unseres Dorfes verwendet wurden, kauften die Bäuerinnen fast ausschliesslich bei den fliegenden jüdischen Händlern ein. So auch meine Mutter.

Die Aussage zu meinem jüdischen Vater behielt ich für mich, wusste, dass Botschaften, die ein Medium vermittelt, oft als unglaubwürdig beurteilt werden. Ich zweifelte selbst und wurde doch in Gefühlen und frühen Erinnerungen bestätigt, die mich seit jeher begleiten. Zudem: Bereits in sehr jungen Jahren fühlte ich mich in der Familie fremd, nicht passend und nicht angenommen. Das geht bestimmt auch vielen anderen Menschen so. Doch rückblickend kann ich sagen, dass allein mein Vater mich nie akzeptierte und somit auch wenig Fürsorge oder gar Liebe ausdrücken konnte. Mutter kümmerte sich um mich, ihr liebstes Kind, und fand in meiner fragilen Gesundheit wohl auch eine Legitimation, um mich zu bevorzugen, was die Beziehungen zu meinen Schwestern vielleicht bereits früh in nicht immer gute Bahnen lenkte.

Der zweite Weltkrieg kündigte sich an. Vater musste - ebenso wie viele andere männliche Bewohner aus dem Dorf - immer wieder für lange Zeit an die Grenze. Die häufige Anwesenheit des immer gleichen Hausierers im Wohnzimmer der Eltern war keine Normalität für mich. Mutter und dieser Mann standen sich stets nahe, während ich als einziges Kind anwesend sein durfte. Da ich viel Zeit bei der Grossmutter väterlicherseits verbrachte, die den ersten Stock des Bauernhauses bewohnte, erzählte ich ihr einmal von meinen Beobachtungen, worauf Mutter drei Wochen lang kein Wort mehr mit mir sprach. Ebenfalls erinnerte ich mich an eine Jüdin, die ein kleines Kind auf dem Arm trug. In den kargen Kriegsjahren sprach sie öfter bei meiner Mutter auf dem Hof vor und erhielt immer Unterstützung. War sie die Frau meines biologischen Vaters? Ich weiss es nicht, konsultierte das Medium nicht mehr, getraute mich nicht, mich anderen mitzuteilen, denn meine früh verstorbene Mutter, wäre dadurch in ein zweifelhaftes Licht gerückt worden: Ein in der Ehe geborenes fremdes Kind von einem jüdischen Mitbürger betraf gleich zwei Tabuthemen jener Zeit.

Das Bedürfnis, mir Wissen zum Judentum anzueignen, prägte die ungewöhnliche Offenbarung meiner eigentlichen Herkunft. Ich begann mich mit der Geschichte der Surbtaler-Juden zu befassen, besuchte bei einem öffentlichen Anlass die Synagoge in Lengnau und einmal erblickte ich an der Wand viele Fotografien, die die jüdischen Mitbürger des Dorfes zeigten. In der Zwischenzeit kannte ich den Namen meines Vaters und erblickte einen kräftigen, gut aussehenden Mann, der mit dem Bild meiner kindlichen Erinnerungen übereinzustimmen schien. So erfuhr ich sein Geburtsdatum, jedoch auch sein Todesjahr, was mir die Möglichkeit raubte, mit ihm in Kontakt zu treten. Ich besuchte den jüdischen Kulturweg auch in späteren Jahren unzählige Male, nahm an den Führungen teil, erfuhr, was es mit den Doppeltüren des Hauses auf sich hatte, durfte die Mike und das rituelle Tauchbad besuchen, die Schul- und Wohnhäuser und den jüdischen Friedhof, der zwischen den beiden Dörfern liegt. Ich erfuhr viel über die Lebensbedingungen, die bis ins 20. Jahrhundert hinein die bewegte Geschichte der Schweizer Juden von der Ausgrenzung bis zur definitiven Emanzipation und damit zur Gleichberechtigung spiegeln, wie in den ausgehändigten Prospekten zu erfahren war. Jahrzehnte später dachte ich: Die Gleichberechtigung wurde vielleicht erreicht, doch die schlechten Gefühle, die man mit den jüdischen Mitbürgern verbindet, dauern offenbar bis zum heutigen Tag an.

Als ich vor bald vierzig Jahren zum ersten Mal von einem jüdischen Vater erfuhr, begann ich vor allem anders zu denken. Rückblickend erwiesen sich zudem zwei Umstände als wegweisend für mein weiteres Leben: ich besuchte ein mehrtägiges Seminar, das durch zwei jüdische Amerikaner abgehalten wurde. Wie sie sprachen und dachten und was sie sagten, verstand ich auf Anhieb. Die Aussage, dass man negative oder rätselhafte Erlebnisse aus der Vergangenheit thematisieren und anerkennen muss, wenn man ergründen möchte, wer man wirklich ist, begleitete mich und beeinflusste meine weitere Suche in diesem Bereich. In diesem frühen Seminar fand ich vor allem auch die

Stärke, beruflich eine wichtige Entscheidung zu fällen. Nachdem mir mein Hab und Gut bei der Scheidung verloren ging, hinterliess mein in der Zwischenzeit verstorbener nicht-biologischer Vater den Geschwistern und mir ein bescheidenes Haus, das wir verkauften. Mit meinem Anteil bezahlte ich den Anwalt für die Scheidung.

Das wenige, das übrig blieb, erlaubte mir, ein kleines Unternehmen aufzubauen. Eine Firma, die sich im Besitz einer Familie befand, half mir dabei, mich beruflich zu etablieren. Ich erklärte mich nach eingehender Prüfung einverstanden, in meinem Kosmetik-studio in Baden ausschliesslich deren hochwertige Aloe Vera Produkte zu verwenden. Es war eine gute Entscheidung, die zum beruflichen Erfolg beitrug. Anstelle von Provisionen luden die Firmenbesitzer ihre Vertragspartnerinnen jedes Jahr zu einer fantastischen Reise ein. So gelangte ich in grossen Gruppen zum ersten Mal nach den USA und nach Mexiko. Tolle Programme und die besten Hotels, in denen wir untergebracht wurden, vermittelten mir, wie stark ich auch unter der Abwesenheit meiner Kinder litt, Abwechslung und Lebensmut. Heute weiss ich, dass es im Leben keine Zufälle gibt, und sehe die jüdischen Menschen, die mich damals bewusst und unbewusst unterstützten, als Segen, der sich zur richtigen Zeit manifestierte. Die Möglichkeit eines jüdischen Vaters erlebte ich zudem früh als identitätsstiftend und oft spürte ich auch seine Kraft und Präsenz.

Die Suche

Verwirrend wurde es erst 2014, als nach einem bewegten Leben und vielen Jahren, die ich im Tessin verbracht hatte, in den Kanton Aargau zurückkehrte. Die spirituelle Suche der vergangenen Jahrzehnte hatte sich zu diesem Zeitpunkt auf die Suche nach Bestätigung meiner jüdischen Identität verlagert. Bevor ich nach Baden zurückzog, ahnte ich, dass ich mich in die Höhle des Löwen vorwage. Das Gefühl des Neustartes begleitete mich, später kamen auch Zweifel dazu, doch meine Seele blieb, trotz widersprüchlicher Gefühle, die mit meiner Suche verbunden blieben, hell und in meinem Inneren entstand Fülle.

Wenig hatte sich in der Stadt während meiner langjährigen Abwesenheit verändert. Manche Menschen wollten mich nun nicht mehr kennen, andere verhielten sich distanziert, verharrten in alten Mustern und Denkweisen. Ich erkannte auch: Oft wird das eigene Unglück ignoriert oder versteckt. Man lenkt sich ab. Durch Konsum und Genuss betrachtet man die eigene Lebensweise als einzig richtige, schützt und zwingt anderen die damit zusammenhängenden Strukturen und Zwänge um jeden Preis auf und urteilt über jene, die etwas anderes wollen. Das Konservative hatte mich stets bedrängt, ich widersetzte mich erfolgreich, hatte mich in vielerlei Hinsicht verändert und persönlich entwickelt. Viele andere waren mehrheitlich gleich geblieben und sahen im Alter wohl eine noch grössere Provokation in mir als zuvor.

Geleitet wurde ich bei meinen Nachforschungen weniger über den Intellekt, sondern über meine Gefühle, die einen inneren Reichtum darstellen, dem ich vertrauen kann. Gleichzeitig setzte ich mich nun vertieft mit vielen Wissensgebieten und Persönlichkeiten auseinander, die direkt oder indirekt mit dem Judentum zu tun haben. So auch mit dem jüdischen Neurowissenschaftler Boris Cyrulnik, der als Begründer der Resilienzforschung gilt und sein Schicksal thematisierte. Als Sechsjähriger erlebte er im Zweiten Weltkrieg, wie hunderte von Jüdinnen und Juden in einer Synagoge in Bordeaux zusammengetrieben wurden. Er überlebte unter dem Körper einer schwer verletzten Frau und berichtete, dass ihm eine Krankenschwester zuwinkte, worauf er in ihre Richtung lief, eine Treppe hinunterstürzte und später in Sicherheit gebracht werden konnte. Dieses Bild, das er jahrzehntelang aufrecht erhielt, war eine Mischung der eigentlichen Geschehnisse, jedoch auch aus Bildern, die er später in einem Kinofilm sah, was bei ihm zur Erkenntnis führte, dass das eigene Erinnern sich mit anderem Erleben vermischen kann. Gerade weil ich mir solcher Zusammenhänge bewusst war, wusste ich, dass mich meine kindlichen Erinnerungen nicht täuschen. Trotzdem suche ich nach Bestätigung, wollte mehr und am liebsten alles erfahren, und begab mich in unserem Dorf und in den Nachbargemeinden zuerst auf die Suche nach allgemeinen Informationen zu den Juden meiner Heimatregion.

In den folgenden Monaten und Jahren stiess ich auf eine Wand des Schweigens und auf persönliche Zurückweisung. Heute glaube ich, dass damit auch Vorurteile und schlechte Gefühle verbunden waren, die mit dem Jüdischen zusammenhingen. Antisemitische oder zumindest kritische Äusserungen hatte ich in meiner Kindheit aber auch in der Ehe mit meinem ersten Mann zahlreich erlebt. Bereits in jungen Jahren nahm ich, die damals eher verschüchtert war, stets automatisch Stellung und liess solche Bemerkungen niemandem durchgehen. Nun nahm ich erneut einen diffusen Widerwillen wahr, der mit einer Ignoranz für das Gewesene und die Existenz der Juden in dieser Region verbunden zu sein schien. Die jüdischen Menschen in Lengnau und Endingen hatten zwar Rech-

te und viele Juden lebten nach den gesetzlichen Lockerungen längst nicht mehr nur in den ihnen zugewiesenen Gemeinden, sondern überall in der Schweiz, jedoch auch immer noch in den umliegenden Dörfern meiner einstigen Heimat. Integriert waren sie in den Jahren meiner Kindheit aber bestimmt nicht und was sie in den erzkonservativen Dörfern erlebten, ist nicht überliefert. Wenn mich meine Recherchen an diese Orte führten und ich die nun alten Bewohner-innen und Bewohner zu den allgemeinen Bedingungen der Juden befragen wollte, verhielten sie sich defensiv. Auch nicht in allgemeiner Art und Weise über die Juden reden zu wollen, deutete meiner Meinung nach, Feindseligkeit an: Jenen gegenüber, die existiert hatten und Teil der Bevölkerung waren und noch immer sind.

Alle meine Geschwister leben noch. Über meine Nachforschungen versuchte ich auch im familiären Kreis mehr zu erfahren, erzählte, was ich bereits wusste, gab viel Preis, wurde jedoch mit entsprechenden Sätzen in die Schranken gewiesen: „Wir waren alle gleich". „Alle Geschwister sollten das gleich fühlen". „Daran kannst Du Dich doch gar nicht erinnern". Natürlich hatten sie einen anderen Lebensweg eingeschlagen als ich, und offenbar war es ihnen kein Bedürfnis, manchen Dingen, die auch zu ihrer Familiengeschichte gehören, auf den Grund zu gehen. Andere liessen mich wissen, ich solle die Schwestern in Ruhe lassen. Heute denke ich: Wären die Menschen überzeugt gewesen, dass alles, was ich sage, nicht stimmt, wäre der Umgang mit diesem Thema offener verlaufen. Die entsprechenden Tatsachen sollten verdrängt bleiben, und je länger meine Suche andauerte, desto stärker verband ich mit diesem Verhalten auch den Wunsch, mich zum Schweigen zu bringen und meine Fragen im Keim ersticken zu wollen. In diesem Zusammenhang wurde ich mit tiefen, unangenehmen und vernichtenden Gefühlen konfrontiert und ich erkannte: Menschen, die nie eine andere Kultur kennenlernten, bekunden oft eine fast krankhafte Angst vor anders Denkenden und allem Fremden. Ich liess nicht locker, gefährdete den scheinbaren Frieden, hinterfrage vieles, wurde zum Störenfried. Es war eine bewusste Entscheidung, denn längst war ich kein Opfer meiner selbst mehr.

Zugehörigkeit

Heute bin ich mir sicher, dass in der Region andere Männer und Frauen meiner Generation existieren, die ebenfalls jüdische Väter haben. Ich würde mir wünschen, dass die Aufarbeitung auch von jüdischer Seite her angegangen wird. Historische Daten wären wichtig, um diesen Teil der Schweizer Geschichte sichtbar zu machen. Auch mein Schicksal könnte eines Tages ein Puzzleteil in der Aufarbeitung eines Kapitels sein, das möglicherweise zur Schweiz gehört, wie jene Kinder, deren Väter Priester waren, ein "Skandal", der ebenfalls jahrzehntelang tabuisiert wurde. Es hört sich vielleicht ein wenig verrückt an, aber in der Zwischenzeit hatte ich einen siebten Sinn für Menschen mit jüdischen Wurzeln entwickelt. Stellte ich entsprechende, zurückhaltende Fragen, reagierten die Angesprochenen ebenfalls irritiert. In einer Wandergruppe, der ich mich anschloss, gab es jüngere Frauen, unter ihnen auch die vermutete Tochter eines Juden. Natürlich tastete ich mich behutsam vor, wurde jedoch abgewimmelt und schlussendlich in der Gruppe ausgegrenzt. Da auch sonst niemand auf mich eingehen wollte, ich keine noch so banalen Antworten erhielt, stellte ich die Fragen anders, veränderte meine Strategie, lief jedoch immer ins Leere. Wer nicht gehört wird, wer kein Interesse und Verständnis erfährt, fühlt sich irgendwann ohnmächtig und verliert den Faden. Niemand fragte je nach den tiefer liegenden Gründen, warum mich diese Thematik umtreibt. Was hätte ich geantwortet? Meine Sehnsucht nach der jüdischen Identität ist die Suche nach dem Band, das uns mit universeller Energie an unsere Ahnen bindet, damit wir mit deren Hilfe, den Sinn des Lebens erkennen und erfüllen können. Je weniger die anderen sprechen wollten, desto drängender wurden meine Fragen, die nun zur Legitimation führten, mich für seltsam und rätselhaft verändert zu halten. Ohne Ansprechpersonen, die Verständnis und Interesse aufbringen und wenigstens versuchen, ein Anliegen zu verstehen, das dem Gegenüber offensichtlich unglaublich wichtig ist, versiegen irgendwann die Worte. Gespräche mit meinen Geschwistern, aber auch mit manchen Freunden und Freundinnen endeten immer häufiger in einem seelischen Chaos für mich. Irgendwann wollte ich auch den Zweiflern und Neidern keine Plattform mehr geben, um ihre eigenen Unsicherheiten und unverarbeiteten Traumata verstecken zu können, sobald ich meinen Mund öffnete. Entsetzt wurde mir bewusst, wie froh viele Menschen aus meinem Umfeld waren, endlich nicht mehr mit meinem Schicksal konfrontiert sein zu müssen.

Allerdings: als ich müde geworden war, geschah ein kleines Wunder. Eine mir nahe stehende Person berichtete von ihren Erinnerungen an meinen jüdischen Vater und wiederholte seinen Namen, den ich bereits kannte. Er habe mich wiederholt bei sich haben wollen und hatte versucht, Besuchszeit zu erhalten. Dieses Anliegen scheiterte vermutlich am Mann meiner Mutter, der über meine Herkunft – genauso wie verschiedene Dorfbewohner – offenbar Bescheid wusste, wie ich über andere Umwege erfuhr. Ich war erstaunt, wollte erneut mehr erfahren, musste mehr erfahren. Doch zu weiteren Aussagen war man nicht bereit und vermutlich wusste man auch nicht mehr.

Ich erlebte in diesen Jahren, dass manche Menschen meiner Generation, die in ähnlichen Verhältnissen wie ich aufwuchsen, lieber auf das Fertige und Abgeschlossene blicken und in der Vergangenheit leben, ohne dieses genau ergründen zu wollen. Die Zukunft ist ihnen fremd. Noch fremder ist ihnen das Jetzt, und von einem Leben in unserer schönen Neuzeit wollen sie oft nichts wissen. Was bleibt, ist Schweigen und die damit verbunde Hoffnung, dass alles so bleibt, wie es immer war. Hätte ich mein Leben so gelebt, würde ich vielleicht auch lieber schweigen. In dieser Zeit trieben mich viele Gefühle und unterschiedliche Verfassungen um. An manchen Tagen erschütterte mich die Kleinbürgerlichkeit, die in meiner Altersgruppe zum Teil kursierte und die dazu führte, dass man mich geistig und seelisch in keiner Art und Weise unterstütze und mir sogar das Gefühl vermittelte, neben den Schuhen zu stehen. Am nächsten Tag verspürte ich die Stärke, mich von jenen, die sich mir aus unguten Gründen verpflichtet fühlten, mit denen ich aber keinerlei Verbindung mehr spürte, zu distanzieren. Am nächsten Tag empfand ich Glückseligkeit, denn Seele und Körper waren im Gleichklang, und was ich mir immer gewünscht hatte, dass der Geist über dem Körper steht, schien in greifbarer Nähe zu sein. Doch was auch immer geschah und mit unterschiedlichen Emotionen verbunden war, darunter vielen Enttäuschungen, jedoch auch immer wieder mit Hoffnungen und dem Glaube an das Gute: Ich hatte meinen Platz und meine Bestimmung gefunden, durfte und musste meinen Weg weitergehen und wusste, dass mir Selbstvertrauen, Liebe zu den Mitmenschen und Vertrauen durch eine höhere Kraft gegeben werden.

In der Zwischenzeit wusste ich in vielen Bereichen des Judentums gut Bescheid und hatte mich auch ausgiebig mit dem Zweiten Weltkrieg und dem Holocaust befasst. Auf eine allzu starke religiöse Auseinandersetzung verzichtete ich bewusst, da ich wusste, dass man in diese Religion ebenso wie in die vielen Rituale, die im jüdischen Alltag gepflegt werden, hineinwachsen muss. Da das Judentum eine Religion und kein Attribut ist, das durch eine DNA-Mutation bestimmt werden kann, existieren keine endgültigen Möglichkeiten, um sicher zu sagen, dass eine jüdische Abstammung basierend auf dem genetischen Profil besteht. Allerdings können über die DNA jüdische Herkunftsregionen definiert werden, und ebenfalls können die eigenen Daten mit anderen DNA-Rohdaten verglichen werden, die die Nutzer der entsprechenden Datenbanken im Internet hinterlegen, wie auf entsprechenden Webseiten zu erfahren war. Ich ging diese Suche an, die durch verschiedene Umstände unterbrochen wurde. Mir war diese Betätigung sowieso unwichtig, und auch die Zurückweisung durch mein Umfeld und der Widerwille einem Thema gegenüber, das man am liebsten vergessen wollte, änderten nichts an meiner hundertprozentigen inneren Gewissheit, Jüdin zu sein. Diese basiert auf meine Zugehörigkeit zum Judentum, was der Definition von Identität wohl am besten entspricht.

Anfang ohne Ende

Meine Krisen, die frühe Verunsicherung, die gefühlte Fremdheit, waren dem Familiengeheimnis geschuldet, das seit meiner Kindheit gehütet wurde und negative Konsequenzen auf mein Leben hatte. Dass ich das Schweigen brechen konnte, obwohl die anderen weiterhin schwiegen, brachte Klarheit auf verschiedenen Ebenen: Ohne meinen biologischen Vater wären die grossen und guten Veränderungen in meinem Leben, ebenso wie meine persönliche Entwicklung, nicht möglich gewesen.

Um diese Geschichte zu erzählen, muss ich in die Vergangenheit zurückkehren: Wie erwähnt, wuchs ich auf dem Land auf. Im kleinen Dorf kannten sich alle und die soziale Kontrolle erwies sich im kleinbäuerlichen Milieu als umfassend. Die Rollen der Geschlechter waren klar verteilt. Meine Mutter unterzog sich den Regeln, die die Kirche und das Umfeld vorgaben und durch ihren Mann zementiert wurden. Ich erlebte sie als eingeschüchterte Frau, und heute weiss ich, dass sie ihre Selbstzweifel an mich weiter gab. Angst und Schüchternheit begleiteten mich durch die Schuljahre. Ich lebte in meiner eigenen Welt und war doch, je älter ich wurde, stark geprägt von den gesellschaftlichen Vorstellungen dieser Zeit, die mir auch meine Eltern vorlebten. Der Platz einer bescheidenen Frau ist an der Seite ihres Mannes, dessen Wohl immer im Vordergrund zu stehen hat. Heute weiss ich: Der Zwang, die eigenen Wünsche zurückzustellen, um andere glücklich zu machen, schob sich wie eine Betonwand vor das Sein und die Identität vieler Frauen, die ihre eigenen Bedürfnisse und ihr Inneres nicht kannten oder zusammen mit anderen Gefühlen konsequent verdrängten, da alles andere Folgen gehabt hätte, die sie fürchten mussten.

Noch während der Ausbildung zur Kleinkinder-Erzieherin traf ich auf einen ehemaligen Schulkollegen, damals ein junger Mann aus gutem Haus. Mich warnende Gefühle schob ich zur Seite, folgte den indirekten Drohungen der Eltern und fügte mich einer Art Zwangsheirat. Unwissend und naiv liess ich zu, dass der Ehemann ganz selbstverständlich die Rolle des Vaters übernahm, der bisher über das Mädchen bestimmte und ihr die eng gesteckten Grenzen bereits aufgezeigt hatte. Solche Dinge wusste ich nicht zu denken und schon gar nicht auszusprechen. Mein übermütiges Lachen am Hochzeitstag, das man als Ausdruck des Glücks hätte interpretieren können, unterbrach der Bräutigam mit barschen Worten, und heute erscheint mir diese Episode symbolhaft für unser späteres Eheleben. Die Geburt meiner Kinder waren indes unbeschreibliche Höhepunkte in meinem Leben. Ihre wundersamen Seelen weckten in mir ein neues Verständnis für die Schöpfung und das Sein. Die damit verbundenen tiefen Gefühle waren beinahe überwältigend, denn gleichzeitig litt ich unter der Erkenntnis, dass ich meine eigene Bestimmung nicht erkenne, die seelisch-geistige Bedeutung meiner Existenz nicht akzeptiere und meinem Sohn und meiner Tochter somit auch ihren Weg nicht aufzeigen kann.

Angst, Schuldgefühle und Fremdheit bestimmten mein Leben schon immer, und obwohl mich frühe und eindeutige Erinnerungen begleiteten, wagte ich nicht, meine nun schwer kranke Mutter mit Fragen zu meiner Herkunft zu konfrontieren. Als sie starb, war ich dreißig Jahre alt und geriet in eine Krise, wurde mit Medikamenten versorgt, konnte repariert werden. Ich verhielt mich weiterhin unterwürfig und angepasst, fand in meiner Rolle als treu sorgende Mutter und bescheidene Ehefrau eine gewisse Stabilität und auch eine Berechtigung auf dieser Welt. So mochte man mich. So war ich angenehm. Ich liebte unser Haus, das wir mit meinem Geld gekauft hatten, richtete es sorgfältig ein, fühlte mich in diesem Umfeld beschützt und war bereit viel zu leisten, damit diese heile Welt weiter existieren kann.

Die Forderungen nach weiblicher Selbstbestimmung und das Hinterfragen des Rollenverständnisses, beides wurde in den späten 1960er-Jahren durch die Feministinnen formuliert, zog an mir und den weiblichen Mitgliedern meines gehobenen sozialen Milieus vorbei. Wohl auch, um die materiellen Vorteile und die vermeintliche Sicherheit nicht zu verlieren, erfüllten wir die Erwartungen weiterhin und steckten jene Bedürfnisse zurück, die nicht zum traditionellen Verständnis passten. Zudem: Eigenständigkeit hätten die Frauen aus sich heraus erschaffen können, doch die wirtschaftliche Abhängigkeit von ihren Männern war auch gesetzlich verankert. Von solchen Themen wusste ich nichts, gelangte manchen Gefühlen und Bedürfnissen aber trotzdem auf die Spur, erfuhr über die Auseinandersetzung mit meinen heranwachsenden Kindern einiges über mich und lernte mich in einigen Bereichen auch besser auszudrücken. Freude und ein neues Lebensgefühl waren die Folge und einige Jahre lang konnte ich mich den Schatten der Vergangenheit entziehen.

Als Tochter und Sohn grösser waren, entstand der Wunsch nach einer beruflichen Tätigkeit. Vorsichtig und zurückhaltend wagte ich erste Schritte und bemerkte bald, dass das Zögerliche meinem Charakter gar nicht entspricht. Nachdem klar wurde, dass ich eine Ausbildung zur Kosmetikerin abschliessen möchte, realisierte ich diesen Traum zielstrebig. Mein Mann unterstützte mich, schien nichts gegen meine Pläne einzuwenden zu haben, und die ersten Jahre arbeitete ich in einem Kosmetikstudio, das ich in unserem Haus einrichtete, damit ich mich weiterhin zu jedem Zeitpunkt um die Familie kümmern konnte. Der Pflichterfüllung kam ich immer nach. Niemals hätte ich irgend eine Entscheidung gefällt, die zum Nachteil meiner Kinder gewesen wäre, die ich innig liebte und deren Wohl für mich an erster Stelle stand. Ich wusch, putzte, sorgte für ein wunderschönes Zuhause und bekochte weiterhin meine Tante und meine Schwiegermutter. Irgendwann geriet ich in dieser Situation in ein Dilemma mit Zwängen, die mir die Gesellschaft, mein Umfeld und vor allem ich mir selbst auferlegte, wie ich erkannte. Ich begann mir Fragen zu stellen: Lebte ich selbstlos, weil ich mein Selbst nicht kannte? Brachte mich meine Selbstlosigkeit in ein emotionales Chaos, weil ich den Mut und den Willen nicht aufbrachte, eine neue Lebensform zu erkennen und anzunehmen? Auch meinen beruflichen Erfolg erlebte ich nun zwiespältig und wusste aus einem Seminar, das ich besucht hatte, dass die Anerkennung im Aussen, der Ablenkung von sich selbst dient und dem Ganzheitlichen komplett widerspricht. Der Wunsch nach Klarheit und Veränderung wurde fast übermächtig, und gleichzeitig führte dieses Bedürfnis zu grossen Schuldgefühlen.

In dieser Zeit erkrankte meine Teenager-Tochter an Magersucht. Die Bemühungen, meine Ängste und Unsicherheiten nicht auf die Kinder zu projizieren, hatten sich nicht realisieren lassen. Nun erkannte ich die Unsinnigkeit dieses Wunsches, der sich nicht erfüllen liess, weil in meinem eigenen Leben Unklarheit herrschte. Die Krankheit meiner Tochter, über die man damals noch nicht viel wusste, erwies sich als schwerwiegend. Der anfänglichen Betroffenheit und Anteilnahme durch das Umfeld, folgten bald Schuldzuweisungen an mich – so wie Mütter für vieles verantwortlich gemacht werden, wenn die Leben ihrer Kinder aus der Bahn geraten. Meine verzweifelten Versuche, zu sprechen und mögliche Gründe zu erfahren, endeten jeweils im Streit mit ihr und meinem Mann. Er fand, ich übertreibe masslos und kreiere ein Problem, das eigentlich keines sei. Ich reagierte mit Unsicherheit, verdrängte in einem ersten Reflex eine Vermutung, warum meine Tochter sich ihres Körpers entledigen wollte, und im Rückblick vermischten sich meine diesbezüglichen Gefühle und Gedanken vielleicht auch mit einem vermuteten sexuellen Missbrauch, den ich in der Kindheit erlebt hatte und der ebenfalls nie thematisiert worden war. Für meine Tochter wollte ich etwas anderes, ihr durfte nicht das Gleiche widerfahren. Ihre Wesensveränderung war nicht zu ignorieren und Probleme in der Lehre, machten einen Stellenwechsel notwendig. Dort wurde sie durch einen Vorgesetzten belästigt. Ich griff sofort ein, meldete mich bei der zuständigen kantonalen Stelle, worauf Konsequenzen gezogen wurden. Es ging ihr nicht besser und die monatelangen Appelle an sie, meine Versuche, mehr zu erfahren und ihr zu helfen, brachten nichts. Mein seelisches Gleichgewicht geriet durcheinander. Massive Schuldgefühle und Angst sowie meine verzweifelten Versuche, die konfliktgeladene und qualvolle Situation mit grösstem Aufwand zu verändern, führten mich an den Rand unzähliger Abgründe.

Wie ich die Kraft fand, um zu dieser unerträglichen und schrecklichen Situation einen Abstand zu schaffen, weiss ich nicht mehr. Ich wusste nur, dass alles andere in einer Katastrophe enden wird, und entschied mich nach einem qualvollen Jahr, in dem sich alles um die Krankheit meiner Tochter drehte, für einen dreiwöchigen Sprachaufenthalt in England. Heute weiss ich, dass es keine Zufälle gibt und alles, was mir geschah, geschehen musste. Eine Begegnung mit einem Mann führte zu einem Zustand, der Energie freisetzte, was nach meiner Rückkehr dazu führte, dass alte Beziehungsmuster in der Ehe auseinander brachen. In jahrelanger Selbstentwertung hatte ich mich verloren und aufgegeben. Einsicht und Kraft für eine Wandlung hatten gefehlt. Nun wünschte ich mir Veränderungen, die mein Mann und ich gemeinsam hätten umsetzen können. Doch er interpretierte meine innere Not und meine diesbezüglichen Bedürfnisse als fulminante Angriffe auf seine Person und als Bedrohung unseres bisherigen Lebens.

Dunkler Strom

Im Rückblick führte die Krankheit meiner Tochter dazu, dass ich mir vieler Zusammenhänge, die ich bisher nicht wahrhaben wollte, bewusst wurde. Als ich mich wieder stark genug fühlte, wandte ich mich erneut meinem Mann zu, doch er war nicht bereit, mit mir zusammen den Dingen auf den Grund zu gehen und mit einer gewandelten Frau zu leben. Ein durch ihn befeuerter Krieg war die Folge, der mich in den folgenden vier Jahren in unzähligen Kapiteln zurückwarf, quälte und abermals in die Tiefe riss. Das undefinierbare Gefühl, das in meiner Vergangenheit viel verschwiegen worden war, schwellte im Verborgenen, und vieles schlug nun in unglaublicher Stärke und in riesigen Wellen über mich zusammen. Schreckliche Ängste plagten mich. Ich verlor jegliches Gefühl für mein soziales Umfeld, hatte furchtbare Angst, die Kinder zu verlieren, denn nun wurden Stimmen laut, dass die Krankheit meiner Tochter, ein Resultat meiner verfehlten Entwicklung sei. Ihr Vater wusste um meine tiefen Verlustängste und auch um jene Jahre, in denen ich in der traditionellen Weiblichkeit doch ein gewisses Glück gefunden hatte. Ich bot erneut Hand, wusste aber auch in dunkelsten Stunden, dass ich nicht weitermachen konnte wie bisher und manches umgesetzt werden musste, wenn ich überleben wollte. Ohne die Mithilfe meines Mannes war das unmöglich. Doch er wollte nur etwas: Ich sollte mich fügsam, normal verhalten, wie früher.

Die Erkenntnis, dass ich mich selbst zum Opfer gemacht hatte, rettete mir schlussendlich das Leben. Weniger Selbstmitleid und die Bereitschaft, die Opferrolle zu verlassen, so lauteten die Forderungen meines Arztes an mich, ein Anliegen, das ich erst nach einer lang dauernden inneren Reise umsetzen konnte. So wurde ein Wandel möglich, der mich nicht nur überleben, sondern leben liess. Die Auseinandersetzung mit mir selbst war allerdings bereits in den Jahren der Beziehungskrise überlebenswichtig, wurde mir aber durch viele Menschen als selbstsüchtiges und egoistisches Verhalten ausgelegt. In meinen Kindern, aber auch in meinem ehemaligen Umfeld setzte sich die Überzeugung fest, dass ich die Familie einfach verlassen habe. Das ist falsch. Der Unwille meines Mannes, sich mit den Veränderungen eines Menschen auseinanderzusetzen, dem er einst ewige Liebe versprochen hatte, führte zu einer Entfremdung und schliesslich zur durch ihn erzwungenen Scheidung.

Dass noch andere Kräfte im Hintergrund gewirkt hatten, wusste ich damals nicht. Diesem dunklen unterschwelligen Strom, der eine zerstörerische Kraft entwickelte, war ich machtlos ausgeliefert.

Vor Gericht beschuldigte mein Mann mich als "schwer kranke Frau". Die durch ihn provozierten Umstände, die der Notwendigkeit nach Veränderung vorausgegangen waren, fanden keine Erwähnung. Die Richter folgten seiner Argumentation. Ich war geschwächt, liess mir einmal mehr alles gefallen. Mit dem Resultat, dass die fast erwachsenen Kinder nicht in meiner Obhut bleiben durften und ich auch kein Besuchsrecht erhielt. Sie wurden mir einfach weggenommen. In den folgenden Jahren befanden sie sich unter dem Einfluss ihres Vaters, was zu falschen Ideen und einem dauerhaften Kontaktabbruch mit meiner Tochter und meinem Sohn führte. Jahrelange Verzweiflung begleitete den Verlust meiner Kinder und alle meine Bemühungen diesen Zustand zu verändern, brachten nichts. Während sie sich ihre Liebe zu mir abtrainiert hatten, pflegte ich meine Liebe zu ihnen weiterhin. Jahrzehnte später geschah etwas Wunderbares. Meine längst erwachsene Tochter trat nach fünfzehn Jahren wieder in mein Leben. Ich weinte vor Glück als sie meinen Arm berührte. Ich hatte sie aufwachsen sehen, hielt ihre kleinen Hände, als sie die ersten Schritte machte, nahm an tausend Freuden und Sorgen ihres kindlichen Lebens teil, liebte sie und ihren Bruder bis zum Mond und zurück. Wie schön sie wiedergefunden zu haben und wie schrecklich, sie verloren zu haben. Diese besondere und leider einmalige Begegnung schenkte mir das Leben. Zuerst glaubte ich an eine gemeinsame Zukunft. Doch das erwies sich als unmöglich. Die Sprachlosigkeit dauerte an und meine Sehnsucht auf Klärung für die mir entgegengebrachte Ablehnung blieb unerfüllt. Wiederholt wurde, ich hätte die Familie einfach verlassen. Der ewige innere Schmerz, der mit dem Schweigen meiner Kinder verbunden ist, liess sich lange Zeit kaum in Worte fassen und begünstige im hohen Alter eine weitere Krise, verstärkte jedoch auch mein Bedürfnis, den eigentlichen Dingen auf den Grund zu gehen und ebenfalls zu erzählen, was damals wirklich geschehen ist. Doch davon später.

Lebenswille

In der ausgesprochen anstrengenden Zeit, die der Scheidung folgte, musste ich meine Existenz in vielen praktischen Aspekten neu organisieren und auch finanziell bei Null anfangen. Ich arbeitete viel, lernte zu verzichten, lebte in einer kleinen Wohnung, hatte mein Budget akribisch zu planen. Die Sparsamkeit fiel mir nicht immer leicht, doch ich machte das Beste daraus, bezog Sinn und Erfüllung bald nicht mehr aus materiellen Dingen und weiss heute, dass Hilfe anzunehmen eine erlernte Gabe sein kann, die die menschliche Existenz bereichert. Das mir meine ehemaligen Kundinnen in den ersten harten Monaten meiner Selbstständigkeit vor fast vierzig Jahren, gut erhaltene und exklusive Kleidungsstücke überliessen und mir manchmal auch einen Geldschein zusteckten, werde ich niemals vergessen. Und später, als ich mich beruflich etabliert hatte, verfuhr ich bei in Not geratenen Freundinnen genau gleich und liess den guten Worten Taten folgen. In meinem ehemaligen Umfeld stiess meine frühe Bereitschaft, Unterstützung anzunehmen, auf Befremden und gar Widerwillen. Auch das ist wohl eine Eigenheit mancher Frauen meiner Generation, die sich so viel gefallen liessen: Finanzielle Sicherheit ist das Wichtigste und all jene, die das nicht oder nur ungenügend schaffen, haben ein in ihren Augen erfolgreiches Leben verfehlt. Oder sie werden für Veränderungen bestraft, die andere für suspekt und falsch halten. Freiheit und Aufbruch anstatt Beständigkeit und Stillstand. Weiterentwicklung und Lebensfreude anstatt Genügsamkeit und Anpassungswillen.

Wie auch immer: Irgendwann konnte ich meine abgrundtiefe Einsamkeit überwinden oder fand vielmehr zu einer neuen Einstellung. Heute sage ich: Das Alleinsein ist nicht nur eine Aufgabe, sondern auch ein verdientes Geschenk. Nebst der tiefen Trauer über die schweren Verluste, wusste ich in der neuen Situation nach der Scheidung intuitiv, dass ich den richtigen Weg einschlagen werde. In den folgenden Jahren erlebte ich, dass ich meine Angst überwinden kann und fand jene Kraft, die mich weitermachen liess. Die neue Erfahrung, mich auf Unbekanntes einzulassen, gab mir den Glauben an die Fähigkeit, Ziele erreichen zu können. Auf vielen Umwegen gelang es mir, Freiheit zu leben und die Verantwortung für mein Dasein selbst zu übernehmen. In der Astrologie fand ich eine konkrete Lebenshilfe, besuchte auch andere Seminare und Dutzende von Workshops, arbeitete an meinem inneren Weg und an meiner Intuition. Das Vermögen, in mein Leben zu vertrauen und zu vertiefen – unabhängig von den äusseren Ereignissen – erwies sich als wunderbare Erfahrung. Gleichzeitig wurde ich selbstsicherer und selbständiger. Die vielen Erfahrungen in spirituellen Bereichen, führten zudem zu einer Erweiterung des Bewusstseins, was mich noch heute mit positiver Energie erfüllt und dafür sorgte, dass ich mich als Mensch weiter entwickeln konnte. Mein Kern blieb zwar der gleiche, aber ich konnte meine Gedanken, Wünsche und Gefühle nun besser nach aussen tragen. Natürlich musste ich Geld verdienen, um mein Leben zu bestreiten, arbeitete als Kosmetikerin sehr viel, meisterte die damit zusammenhängenden Herausforderungen gut und konnte bald auf eine grosse Zahl an zufriedenen Stammkundinnen zählen. Meine Lebensqualität verbesserte sich zunehmend und auch die Beziehungen zu neuen Menschen verliefen intakt und verbindlich. Ich orientierte mich an jenen, die mir bestmögliche Hilfe boten, gab aber auch selbst viel zurück, und so entstand eine funktionierende geistige und seelische Dynamik. Der Glaube an mich und Menschen, die guten Willens sind, verliess mich auch dann nicht mehr, wenn die Welt gerade unterzugehen drohte. Das positive Denken wurde zu einem wichtigen Werkzeug für mich, und mit der Zeit erkannte ich, dass es dabei nicht darum geht, negative Gedanken zu verdrängen. Man muss ihnen und den damit verbundenen Gefühlen auf die Spur gehen, sie zulassen, verarbeiten und in einem weiteren Schritt an sich vorbeiziehen lassen.

Indem ich das Gestern und das Heute wahrnahm, konnte ich bald hoffnungsvoll das

Morgen ansteuern. Nun konnte ich mich bewusst freuen, was mir gegeben wurde. Ich probierte viel aus, entdeckte Neues, liess Altes und Überholtes hinter mir. Ein innerer Raum entstand, in dem die Liebe und die Liebesfähigkeit wieder einen Platz erhielten. Beides trat an die Stelle von Selbstmitleid, Schuld und Vorwürfen, die mich so lange behindert hatten. Mein Lebenswille, meine Liebe zu allem Lebendigen und das starke Verlangen vieles gutzumachen, drängten mich, meine Sinne wach zu halten und mehr noch: sie tiefer zu spüren.

Meine Sehnsucht nach einem weiteren Kind trieb mich in der ersten Zeit nach der Scheidung um, was vielleicht auch damit zu tun hatte, dass meine Bemühungen, mit meiner Tochter und meinem Sohn in Kontakt zu treten, erfolglos blieben. 42-jährig suchte ich nach einem Mann, machte Abklärungen in einem Krankenhaus, ob ich noch schwanger werden könnte. Manche Menschen aus dem Umfeld gaben mir zu verstehen, dass ich wieder einmal spinne. Zum Glück lernte ich eine mutige und starke Frau kennen, die drei Kinder von drei verschiedenen Männern hatte und ein normales Leben führte. Heute sind solche und andere Patchwork-Konstellationen fast an der Tagesordnung und auch ältere Frauen können dank der Möglichkeiten der modernen Reproduktionsmedizin und in manchen Ländern zusammen mit einer Leihmutter einen späten Kinderwunsch realisieren: Ich war in einigen Belangen der Zeit voraus, wie ich heute sagen darf und wurde natürlich mit Engstirnigkeit und einschränkenden Haltungen konfrontiert.

Vermutlich sorgte der Umstand, dass sich mein Kinderwunsch aufgrund meines biologischen Alters schliesslich nicht erfüllen liess, bei einigen meiner Geschlechtsgenossinnen für stilles Aufatmen. Tatsächlich denke ich heute, dass meine Generation in vielen Bereichen stagnierte und auch die Sprachlosigkeit über tausend wichtige Themen andauert. Als ich den folgenden Jahren in der Liebe vieles ausprobierte, wurde mir bewusst, dass auch über das Körperliche nie gesprochen wurde: Kam uns in der Schule ein Mann entgegen, wurden wir als kleine Mädchen aufgefordert, den Blick zu senken, da die Verführung ganz nah sei, wie man uns ermahnte. Man hatte keinen oder dann einen religiös negativ belasteten Zugang zu diesem Thema. Hormonell klappte es und Kinder wollte man sowieso, doch was in den Köpfen und Herzen vor sich ging, blieb oft ein grosses Mysterium. Diesem ging ich ebenfalls erfolgreich auf die Spur und fand in vielerlei Hinsicht erfüllende Partnerschaften – auch wenn diese nicht für die Ewigkeit bestimmt waren.

In den folgenden Jahren erhielt ich genügend Gelegenheiten, mein Leben originell und individuell zu gestalten, zog mit zwei jungen Männern zusammen und verbrachte in dieser ungewöhnlichen Dreierbeziehung – allen Unkenrufen zum Trotz – eine wunderbare Zeit. Einen kleinen Teil meines Lebens verbrachte ich mit einem Mann, der als Manager eines Stahlkonzerns sehr viel reiste. Mit Said* lernte ich die Welt kennen. Jedes

Jahr verbrachten wir einige Wochen zusammen, vornehmlich in Asien, und erlebten zusammen fantastische Abenteuer. Nachdem ich entdeckt hatte, dass ich nicht die einzige bin, wurde aus der Liebesbeziehung allerdings eine platonische Freundschaft, die wenig später endete. Andere Beziehungen mit Männern verliefen turbulent. Manche waren eifersüchtig auf meinen beruflichen Erfolg, andere fanden meine weitergehende Suche nach der Wahrheit und dem Sinn des Lebens anstrengend. Ich kannte die Unterdrückung und die Mechanismen von Part-nerschaften in der Zwischenzeit gut. Das Konstrukt von Beziehung hinterfragte ich und anderes durchschaute ich. So auch jene Abhängigkeiten und unheilvollen Situationen, die zwei Menschen manchmal zusammen kreieren, weil jeder Verletzungen in sich trägt und in Ideen und Vorstellungen gefangen ist, die gemeinsam zu Unheil führen können.

Nichtsdestotrotz ging ich 1987 eine zweite Ehe ein mit einem ganz besonderen Mann. Zusammen mit der körperlichen Übereinstimmung und der geistigen Auseinandersetzung ergab sich ein einmaliges Zusammenspiel, doch seine unverarbeitete, harte Vergangenheit sollte zu grossen Problemen führen. Sein Vater hatte im Zweiten Weltkrieg gedient und erzählte seinem kleinen Sohn die an den jüdischen Mitbürgern verübten Verbrechen bis ins Detail. Nicht thematisiert wurde in der Familie, warum die Mutter ein Bein verloren hatte und ihrem längst erwachsenen Sohn am Telefon das immer gleiche Lied vorsang. Seine Frau hatte sich aufgrund seiner gewalttätigen Ausbrüche von ihm getrennt. Ich glaubte tatsächlich, ihm dabei helfen zu können, dass er erkennt und anerkennt, wer er ist, doch meine Forderungen brachten ihn in krisenähnliche Zustände. Er entwickelte einen Schreibzwang und ging nie vor den frühen Morgenstunden zu Bett. Seine Analysen und vermeintlichen Erkenntnisse, die er in Zusammenhang mit Jesus verfasste, füllten bald Tausende von Seiten Papier, die er in unzähligen Ordnern ablegte. Ich wusste um die depressiven Einbrüche in der neuen Beziehung, wollte eine Veränderung, verlor aber vorübergehend die Fähigkeit, mein Schicksal in die Hand zu nehmen. Als ich mein Unvermögen erkannte, war ich bereit, über alles genau nachzudenken, und danach war es nicht mehr schwierig, zu durchschauen, was mich mit diesem Mann verband. Ich erkannte die Dringlichkeit einer Trennung, die ich schliesslich kraftvoll vollziehen konnte. In der Liebe, so wurde ich mir damals bewusst, zog ich Dinge an, die mir nicht lieb waren, durch die ich aber etwas zu lernen hatte.

Auch sonst blieb ich eine Suchende. Mit diesem Prozess war und ist viel Gutes verbunden. Suchend zu sein bedeutet nicht, mit dem IST-Zustand unzufrieden zu sein. Es bedeutet, dass der Mensch in Bewegung bleibt. Frei und unabhängig versuchte ich hinter mir zu lassen, was mich festhielt und behinderte. Ich ging auf neue Ziele zu und spürte damit verbunden eine treibende Kraft in mir, so wie eine ewige Kraft das Universum antreibt. Gleichzeitig zwangen mich manchmal auch sehr irdische Umstände zu einem

Umdenken oder vielmehr zum Umsetzen neuer Pläne, denn die damalige Wirtschaftskrise machte auch vor meinem Geschäft nicht Halt. Während ich in den USA weilte, ein Aufenthalt, der gleichzeitig dunkle Tiefen und helle Höhen bereithielt, erreichte mich der aufgebrachte Anruf einer Angestellten aus der Heimat, worauf ich mich zur frühzeitigen Rückkehr entschloss. Meine grosse Lebendigkeit und Kraft wollte ich allerdings weiter nutzen, um zu lernen, die Balance von Disziplin und Zwanglosigkeit zu halten. In diesem Sinn: Anstatt verzweifelt am Gewohnten festzuhalten, machte ich aus der schwierigen Situation etwas Positives. Ich brachte das Geschäftliche in Ordnung, indem ich meine Firma untervermietete, und brach die Zelte in der Schweiz für fast ein Jahr ab. Nach der Rückkehr engagierte ich mich in einem zusätzlichen Praxisraum in Zurzach und wurde danach für kurze Zeit wieder im Hauptgeschäft in Baden tätig. In der Zwischenzeit befand ich mich seit über sechzehn Jahren beruflich stark unter Druck, war für Angestellte verantwortlich und spürte Zwang und Unfreiheit nun stärker. Viele Gefühle und Überlegungen führten schliesslich zum Entschluss, die Firma zu verkaufen und mich einem neuen Lebensabschnitt zuzuwenden. Ich war jetzt 58 Jahre alt.

Diese Entscheidung erwies sich als Befreiung. Der Druck fiel von mir ab. Energie und Kraft wurden freigesetzt, worauf ich mein persönliches Wachstum vorantreiben konnte. Die Suche nach dem höheren Wissen, nach dem vertieften Bewusstsein und nach spirituellen Erfahrungen, aber auch meine Lust auf Neues und Unbekanntes, führte mich 1994 nach Sri Lanka. Ich reiste mit Sack und Pack in das mir unbekannte Land. Die Spiritualität der Einheimischen zog mich wie ein Magnet an und persönliche Begegnungen vertiefte ich mit den Lehren Buddhas. Nach magischen und auch anstrengenden Monaten reiste ich in die Schweiz zurück und empfinde diese Zeit bis heute als grosse Bereicherung meines Lebens. Die Sehnsucht, das Unbekannte zu ergründen, trieb mich auch in den folgenden Jahren an. Aus der

Vergangenheit bezog ich neue Visionen, was dazu führte, dass mir zufiel, was längst fällig war. Wie erwähnt hatten mich meine Erfahrungen gelehrt, dass es im Leben keinen Zufall gibt. Die Dinge, die mir widerfuhren, hatten zu geschehen. So auch als ich vor dem Prozess, in dessen Verlauf das Familiengeheimnis meiner Eltern zum drängenden Thema wurde, in die Arme eines jüdischen Mannes geführt wurde.

Avi* hatte in Israel im Krieg gedient. Er versteckte seine verletzte Seele gut, und doch glaubte ich, eine grosse Liebesfähigkeit in ihm zu erkennen. Wir verliebten uns stürmisch. Seine Identität, die er so offen und selbstverständlich lebte, faszinierte mich. Wir verstanden uns auf jeder Ebene, und ich kann es nicht anders in Worte fassen: seine Kultur, sein Glaube, wie er dachte und sprach, und alles, was ihn ausmachte, eröffneten sich mir blind und mehr. Ich fühlte mich im Jüdischen verstanden und aufgehoben. Natürlich bringt jeder Mensch seine eigene Geschichte in eine Beziehung mit. So war es auch mit diesem viel jüngeren Mann, der nicht bereit war, sich den Kriegstraumata zu stellen, die er erlebt hatte. Seine Unberechenbarkeit ängstigte mich nach Monaten zunehmend, und irgendwann musste ich mir ebenfalls eingestehen, dass er ein Drogenproblem hatte. Eines Nachts, wir verbachten Ferien in Nizza, verschwand er samt meinem Auto spurlos. In grosser Sorge alarmierte ich die Polizei. Er kehrte zurück, doch ich wollte nicht mehr unter einem Dach mit ihm leben, zog in ein Hotel und verliess Frankreich in Begleitung der Polizei, die meine Schutzbedürftigkeit anerkannte und mich bis an die Schweizer Grenze eskortierte.

Der Goldfaden

Vieles klappte in den folgenden Jahren, und natürlich ging auch einiges schief. Um Geld zu verdienen, jobbte ich hier und dort. Eine körperliche Krankheit machte mir zu schaffen. Zuerst verdrängte ich die Symptome und musste danach Klarheit erlangen, warum ich krank geworden bin. Wer wahllos gibt und nicht darauf achtet, dass er Gleichwertiges zurückbekommt, darf sich nicht wundern, wenn er kraftlos und erschöpft zurückbleibt. Diese Missachtung und Nichteinhaltung des Naturgesetztes war wohl die Ursache meines Leidens. Ich musste mich einer Operation unterziehen, konnte den Selbstheilungsprozess positiv unterstützen und traf eine weitere wichtige Entscheidung, die ich mit dem Umzug in den Kanton Tessin – die Sonnenstube der Schweiz – umsetzte. Ich bezog eine hübsche Wohnung in Ascona, wechselte einige Jahre später nach Locarno in eine grössere Bleibe, samt Balkon, kehrte nach einigen Jahren aber wieder nach Ascona zurück. Noch einmal führte mich eine grosse Reise ins Ausland. In Mexiko wollte ich die Sprache und die Kultur kennenlernen, sparte Geld und konnte mir diesen Bildungsurlaub schliesslich leisten. Die Umstände erwiesen sich in Mexiko-Stadt als gefährlich und isolierend, und die durch die Schule organisierten Ausflüge waren auch körperlich anstrengend. Die vielen Veränderungen und Abenteuer kosteten natürlich auch immer wieder Kraft und die Bereitschaft, Neues zu lernen. Doch mein Wunsch, nicht nur zu überleben, sondern zu leben, gelang in bester Art und Weise.

Nach meiner Rückkehr nach Ascona arbeitete ich erneut, wie schon vorher, in den grossen 5-Sterne-Häusern und betätigte mich als Kinderbetreuerin, wenn die Eltern am Abend abwesend waren. Die Kleinen liebten mich und ich liebte die Kleinen. Gleichzeitig wurde ich immer wieder mit dem schmerzvollen Verlust meiner Tochter und meines Sohnes konfrontiert. Diese Gefühle verdrängte ich nicht, versuchte zu einer neuen Haltung zu gelangen, pflegte auf einer intellektuellen-spirituellen Ebene den Kontakt mit meiner Familie. Mein Innenleben blieb mir wichtig. Das Vermögen auszudrücken, was ich fühle, um immer wieder neue Herausforderungen zu finden und anzugehen, war meine Verbindung zum Leben. Ich setzte mich mit Menschen und mir selbst auseinander und lernte, noch mehr zu erkennen und anzuerkennen, was mein Dasein ausmacht.

Da ich am Abend in den Hotels arbeitete, nutze ich die hellen Tage, um die Landschaft im Tessin als Energiespenderin und Seelentrösterin zu entdecken. Ich lief und lief. Jeden Tag. Stundenlang. Die wunderbare Natur vermittelte mir Ruhe und inneren Frieden. Das Maggiatal mit seinen Bergen, den Hängebrücken, Kirchen und dem tosenden Fluss wurde in allen Jahreszeiten zu einer inneren Heimat. Ich wurde ruhiger, fröhlicher, lachte viel und schrieb mein erstes Buch. Mein Wandel kam darin zur Sprache: die Transformation, die Spiritualität, der Weg der Selbsterkenntnis und wie ich Veränderungen umgesetzt hatte. Natürlich wurde auch der

Bruch meiner Ehe thematisiert, meine Krisen, meine Qualen. Ich versuchte einiges, um das Buch unter jene Menschen zu bringen, von

denen ich annahm, dass sie an meiner Geschichte interessiert sein könnten. Eine meiner vier Schwestern soll das Buch zerrissen haben, die anderen äusserten sich nicht und der erneute Versuch, Kontakt zu meinen Kindern aufzunehmen, schlug ebenfalls fehl.

Meine drei besten Freundinnen aus der Deutschschweiz, mit denen ich intensive Beziehungen unterhielt und die mir in den vergangenen Jahrzehnten so viel gaben, so wie auch ich ihnen Zuneigung, Wohlwollen und Interesse entgegenbrachte, wurden genauso wie ich älter. Im Alter finden abermals Veränderungen statt. Umstände und Lebenssituationen können dazu beitragen, dass die einstigen Bande lockerer werden. So war es auch bei uns. Als ich 2011 einen schweren Velounfall hatte, fand ich mich auf mich allein gestellt. Meine Freundinnen waren nicht mehr so mobil wie in jüngeren Jahren und die Besitzer des Hauses, in dem ich seit langen lebte, gaben mir nach meiner Rückkehr aus dem Krankenhaus zu verstehen, dass ich nicht auf sie zählen solle und verkauften die

Liegenschaft wenig später stillschweigend. Schon länger befasste ich mich mit meiner Rückkehr in die Deutschschweiz: Zu meinen Wurzeln, zu den drängenden Fragen meiner Herkunft. Ich meldete mich für eine passende Wohnung an, kündigte meine Bleibe im Tessin, musste übergangsweise allerdings in eine Alters-WG in Bonaduz wechseln, da sich der Neubau in Baden verzögerte. Die beiden Jahre in diesem Umfeld verliefen wunderbar. Die Kontakte und Freundschaften mit ebenfalls älteren Menschen, die offen, interessiert und grosszügig in Herz und Geist agierten, begeisterten mich. Hätte ich den Vertrag in Baden nicht bereits unterschrieben, wäre ich vermutlich in Bonaduz geblieben. Doch 2014 war die Wohnung bezugsbereit.

Nun war ich auch örtlich nah genug, um in meine Geschichte einzutauchen, und trieb voran, was einem riesigen Bedürfnis entsprach. Eben: Meiner jüdischen Identität auf die Spur zu gelangen. Die folgenden Jahre der Suche prägten mich in vielerlei Hinsicht.

Wie geschildert, stiess ich bei den Menschen auf wenig Bereitschaft, sich mit meinen Fragen auseinanderzusetzen, und das Gefühl, dass ich ein Tabuthema ansprach, das um jeden Preis eines bleiben soll, begleitete mich. Natürlich war ich enttäuscht. Gleichzeitig brachten meine Recherchen trotz allem auch interessante und erhellende Informationen zu Tage. Und nicht nur das gesprochene Wort, sondern auch das Schweigen der anderen führten zu wertvollen Erkenntnissen und bestärkten mich in meiner jüdischen Gewissheit. Irgendwann konnte ich dieses Thema loslassen, wusste, dass ich mich dem Jetzt zuwenden muss, wollte mich nicht den Rest meines Lebens unverstanden und bitter fühlen. In diesem Prozess konnte ich auf Erfahrungen zurückgreifen, die ich in schwierigen Zeiten bereits gemacht hatte. Nun liessen sich Strategien ableiten, die mir halfen, mich der Zukunft zuzuwenden, und gleichzeitig ahnte ich, dass meine Transformation noch nicht abgeschlossen ist. Neugierig und voller Tatendrang blieb ich eine Suchende. Es ist ein Goldfaden, der durch mich hindurchläuft und für weitere erstaunliche Abenteuer sorgte. In der Zwischenzeit war ich 80 Jahre alt. Seit vielen Jahren Single fühlte ich mich in dieser Lebensform nach vielen Erlebnissen im Rahmen von turbulenten Beziehungen mehr als wohl. Zu diesem Zeitpunkt lag zudem bereits eine lange spirituelle Reise hinter mir. Doch in beiden Bereichen war das letzte Wort nicht gesprochen: In den Kirchen, die ich seit einiger Zeit besuchte, fand ich Kraft, Ruhe und irgendwann eine Erkenntnis, die für alle Religionen gilt: Wer an Gott glaubt, glaubt auch an sich selbst. Aus Neugierde und Interesse besuchte ich eine Bibelgruppe und lernte Sebastian* kennen. Aus einfachen Verhältnissen stammend, ging er seinen Weg, um niemals mehr vom richtigen Pfad abzuweichen. Ohne an tausend Fragen und Umstände zu verzweifeln, verliefen auch seine Gedanken klar und ziemlich einfach. 24 Jahre jünger als ich war er, was man „bibeltreu" nennt. An seine Überzeugung, dass guten Menschen nichts Schlechtes geschieht, sie immer geschützt sind, konnte ich nicht recht glauben – ich hatte es doch ganz anders erfahren. Die Vorgaben und Richtlinien, die er Satz für Satz befolgte, hielten ihn davon ab, viel zu erleben. Andererseits vermittelt ihm die Haltung, dass die Bibel die unbedingte Autorität in allen Glaubens- und Lebensfragen ist, auch die Möglichkeiten, zu überleben und sich zu verändern. Trotz oder wegen vieler persönlicher Unterschiede war die gegenseitige Anziehung gross und die körperliche Liebe überwältigend. In Baden zogen wir Arm in Arm um die Häuser, verhielten uns wie verliebte Teenager und zogen als ungleiches Paar natürlich die Aufmerksamkeit auf uns. Für einmal reagierten sogar die älteren Semester aufgeschlossen, freuten sich über mein spätes Glück und hofften insgeheim vielleicht auch, dass ich nun endlich versorgt bin und schweigen werde.

Ihm war es ernster als mir und bald stellte er mich seiner Schwester und sogar seinen eigenen Kindern vor. Wenn wir uns nicht sahen, schickte er mir jeden Tag per Whats-

App einen Absatz aus der Bibel zu. Ich verstand nicht immer, was gemeint war, schrieb ihm aber immer zurück und erzählte ihm einfach aus meinem Leben, fügte dem Theoretischen praktische Tatsachen hinzu, und durch diese Verbindungen gelangten wir beide zu gemeinsamen Erkenntnissen. Dass die Geschichte von Sebastian und mir nicht für die Ewigkeit bestimmt ist, war mir von Anfang an klar. Als er kritische Äusserungen über mein Alter zu wiederholen begann, die aus seinem direkten Umfeld stammen mussten, wusste ich instinktiv, dass bald Verletzungen folgen würden, und beendete eine Beziehung, der ich im Rückblick doch einiges zu verdanken habe.

In der Zwischenzeit befand ich mit dem Pfarrer in regem Kontakt. Er händigte mir immer wieder Texte aus dem Alten Testament aus: die Heiligen Schriften des Judentums - die Hebräische Bibel. Diese Schriften verstand ich auf Anhieb, alles ergab einen tiefen Sinn, und: Nach dreissig Jahren Abwesenheit trat ich erneut der katholischen Kirche bei, fand einen neuen Umgang mit dieser Religion, die in meiner Kindheit mit Zwängen und vielen Restriktionen verbunden gewesen war, und sehe in dieser Entscheidung keinen Widerspruch zu meiner tiefen jüdischen Zugehörigkeit, sondern im Gegenteil: eine Bestätigung.

In Bewegung

In den folgenden Jahren beschäftigten mich
- nebst allem anderen - auch gesundheitliche
Probleme. Ich litt unter schmerzhafter Artrose
in den Händen, hohem Blutdruck, einem al-
tersbedingten Tinitus und einer Erkrankung
der Füsse, die mich auch nach einer Operation in meiner Mobilität einschränkte. Nicht
genug: 2020 brachte Corona die Welt zum
Stillstand und Millionen von Menschen ge-
rieten in eine anstrengende und oft auch
zermürbende Isolation. Aufgrund der so ge-
nannten Socken-Krankheit konnte ich meine
Wohnung in Baden zwei Monate lang nicht
verlassen. Eine erneute Krise bahnte sich an.
Es ging mir schlecht, ich konnte nicht mehr
schlafen, litt unter Ängsten und starken
Schmerzen im ganzen Körper. Meine Gedanken kreisten erneut um meine verlorenen
Kinder und das Schicksal der frühen Jahre.
Seit vielen Jahrzehnten blieben meine Fragen unbeantwortet. Die Bemühungen um
Aufklärung hatten nichts gebracht. Meine
Zweifel, welche tatsächlichen Gründe dieser

Zurückweisung zugrunde liegen, datierten bereits einige Jahre zurück und wurden nun immer drängender.

Die Fachleute waren ratlos, erhöhten die Medikamente kontinuierlich, doch es trat weder eine physische noch eine psychische Besserung ein. In meiner Verzweiflung vertraute ich mich einem neuen, wohlwollenden Arzt an und erzählte ihm von meinen zurückliegenden Nachforschungen zu meinem jüdischen Vater und der Irritation der Leute, wenn ich Fragen zu den Aargauer Juden und zu meinem Jüdischsein stellte. Als ich meine Zeit im Tessin erwähnte und eine Freundin, die dort lebt, meinte er spontan, ich solle die belastenden Umstände in Baden verlassen. Wut und Mut gehören irgendwie zusammen, und so vollzog ich 84-jährig, eine abermalige Veränderung und liess alles hinter mir. Zuerst lebte ich in einer Notwohnung in Locarno. In einem Abbruchhaus. Ohne funktionierende Heizung. Den Grossteil an Hab und Gut hatte ich zurückgelassen, stand vor einer übersichtlichen Menge an Umzugskartons, von denen ich nur wenig auspackte, und blickte auf das verbleibende Mobiliar: Ein Bett. Einige Stühle. Ein Tisch. Nach anstrengenden Monaten in diesem improvisierten Setting zog ich in meine neue Bleibe in der Seniorenresidenz und war allein. Diesen Zustand kannte ich gut, fand mich zurecht, genoss manche Aspekte des Alleinseins und als ich später einmal nach Baden reiste, um alte Freunde zu sehen, zeigte sich, wie mich diese Begegnung weg von meinem himmlischen Gedanken brachte, was mir wiederum aufzeigte, wie schnell man in Gesellschaft das Gleichgewicht verlieren kann. In der auch durch die Pandemie auferlegte Einsamkeit im Tessin konnte ich mich schliesslich sammeln, und nachdem ich viele Medikamente verringerte und andere wegliess, wurde ich auch wieder mobiler und konnte erneut an der Aussenwelt teilnehmen.

In der Corona-Zeit besuchte ich die menschenleeren, wunderbaren Kirchen und Kapellen der Stadt, fand in der Natur und in Gott Kraft und auch im Wissen, dass es nur einen Weg gibt, um zu wachsen: Wenn wir einen Schritt weitergehen, als das im Moment gerade angenehm und leicht erscheint. Obwohl ich im Verlauf meines Lebens meinte, gewisse Strategien entwickelt zu haben, um mit der Abwesenheit meiner Kinder umzugehen, funktionierten diese Ablenkungsmanöver nicht oder nicht mehr, wie mir bewusst wurde. Bis zu unserer Trennung hatte ich fast zwanzig Jahre lang jeden Tag mit ihnen verbracht und war eine gute und fürsorgliche Mutter gewesen. Dann wurden sie mir weggenommen. In der ersten Zeit wollte ich ohne meine Kinder nicht mehr leben. Nur mit grosser Willensanstrengung gelang es mir, ihnen diesen Schmerz zu ersparen. Ich musste mein Unglück allein überwinden, durfte daran nicht zerbrechen und wollte immer in ihrem Leben bleiben. Sie verbannten mich, doch ich blieb ihnen in Gedanken immer verbunden, pflegte meinen Umgang mit ihnen auf dieser Ebene verantwortungsbewusst und fürsorglich.

Mein Sohn war in der Zwischenzeit 56 Jahre alt. An jedem seiner Geburtstage, die ich nicht mehr mit ihm feiern durfte, erlebte ich seine Geburt erneut, um ein Dasein zu erschaffen, das mir die Möglichkeit gab, seine Nähe zu spüren. An seinen Geburtstagen war ich wieder mit ihm zusammen, so wie am ersten Tag seines Lebens. Die Trauer und der tiefe Schmerz begleiteten mich und als ich mich 2020 telefonisch bei meiner Tochter meldete, reagierte sie abweisend, hatte keine Zeit, vertröstete mich, und als ich zum dritten Mal anrief, war meine mir unbekannte Enkelin am Apparat. Ich nannte meinen Namen und fragte, ob sie wisse, dass ich ihre Grossmutter sei. Sie verneinte. Sie wusste nichts von meiner Existenz und meine Tochter wiederholte, was sie auch bei einem Jahr zuvor stattgefundenen Treffen gesagt hatte: „Du hast die Familie einfach verlassen". Vier Jahrzehnte waren verstrichen, ohne dass ich am Leben meines Sohnes und meiner Tochter teilnehmen durfte. Ich erfuhr nicht, wie es ihnen ging, welche Herausforderungen sie zu bewältigen haben, und welches Glück sie erfuhren. Ich durfte Ihnen keine Unterstützung sein, erlebte nicht, wie auch sie älter wurden, viele Erfahrungen sammelten und bestimmt in vielen anderen Bereichen zu neuen Erkenntnissen gelangten. Doch die Versöhnung oder auch nur ein ernsthaftes Gespräch zu den Verletzungen der Vergangenheit blieben aus und niemals durfte ich meine Sicht der Dinge erklären. Schweigen auch hier, und die Mutter ihrer Kindheit, eine gute Mutter, eine fürsorgliche Mutter, schoben sie so lange zur Seite, bis ich in Vergessenheit geriet.

Das Unglück ihres Vaters war für meine Tochter und meinen Sohn bestimmt mit Unsicherheit und Schmerz verbunden gewesen. Sie unterstützten und umsorgten ihn. Er erholte sich. Unsere Trennung war für ihn zum Glück nicht das Ende des Lebens. An seiner Version der Dinge und daran, dass ich die alleinige Schuld am Auseinanderbrechen der Familie trage, änderte sich bis zu seinem Tod nicht. Ansonsten hätte aus dieser Meinung nicht eine ewig dauernde und unverrückbare Wahrheit werden können, die sich auf meine Kinder übertrug. Heute frage ich mich: Wie kann man einem Menschen vierzig Jahre lang nachtragen, was nie bewiesen wurde? Das Schicksal meiner frühen Jahre nahm ich in dieser späten Lebensphase wie durch eine Lupe wahr, und während der Corona-Zeit realisierte ich, dass es in meinem Leben weiterhin ein unverarbeitetes Trauma gab. Jahrzehntelang hatte ich nicht wirklich begriffen, warum sich mein Ex-Mann derart feindselig verhalten hatte und mich in jeder Hinsicht vernichtet zurückliess. Meine späteren Nachforschungen in Zusammenhang mit meiner jüdischen Identität hatten zwar zusätzliche Informationen zutage gefördert, die auf neue Zusammenhänge hinwiesen. Doch ich war bisher offenbar nicht bereit gewesen, diese anzuerkennen und zu thematisieren. Auch das soll sich nun ändern. Meine Kinder werden vielleicht erst in einer späteren Lebensphase – wenn ich nicht mehr da sein werde – entsprechende Fragen haben. Meine Antworten finden sie in diesem Buch.

In neuem Licht

Um diese Geschichte zu erzählen, muss ich abermals in die Vergangenheit zurückkehren. Jener Vater, bei dem ich aufwuchs, musste den Hof gegen seinen Willen übernehmen und wurde als Bauer nicht glücklich. Auch wenn er uns vor Gewalt verschonte, so gab er sein Unglück doch an seine vier Töchter weiter, und auch der langersehnte Sohn wollte auf keinen Fall in seine Fussstapfen treten. Als Mutter starb, war ich bereits mit meinem Mann verheiratet und kümmerte mich auch um meine früh verwitwete Schwiegermutter, die es mit vier Kindern nicht immer einfach gehabt hatte. Sie, die aus bescheidenen Verhältnissen stammte, war keine uninteressante Figur, denn anders als ihre genügsamen Geschlechtsgenossinnen, wollte sie vom Leben immer mehr, als dieses ihr geben wollte. Wenig familiär und bestimmt keine Hausfrau, hegte sie in jüngeren Jahren hochfliegende Pläne, die sich allesamt nicht erfüllen liessen, was sie nicht davon abhielt, im bäuerlichen Umfeld als Dame von Welt aufzutreten. Mit den Menschen unterhielt sie keine guten Beziehungen, war anspruchsvoll, unzufrieden und kritisch. Als mich ihr studierter Sohn als seine Braut vorstellte, quittierte sie diese Entscheidung in meiner Anwesenheit mit zwei verächtlichen Sätzen. „Ein wirklich einfaches Mädchen" und „Wenigstens hat sie Geld". Den letzten Satz konnte ich damals in keinen Zusammenhang bringen.

Heute jedoch schon. Informationen, die vieles in einem neuen Licht präsentieren, wurden mir durch Menschen aus meinem Umfeld vermittelt, die keinen Grund haben, Unwahrheiten in Umlauf zu bringen. Unter Ihnen auch Leute, die meine Schwiegermutter gut kannten. Nach dem Tod meiner Mutter verfolgte diese ihre Ambitionen mit neuem Elan, wie ich erfahren hatte. Sie bemühte sich offenbar um die Gunst meines nun ebenfalls verwitweten Vaters, der aber nicht auf ihre Avancen einging, vielleicht auch weil er erkannte, um was es ihr tatsächlich ging: um sein Geld. Zum Haus gehörten ein weitläufiger Baumgarten, sehr viel Land und riesige Felder, die später in Bauland umgezont wurden. Auf diesen Ländereien stehen heute unzählige grosse Wohnblöcke.

Er kehrte nach dem Tod seiner Frau dem Dorf den Rücken zu, zog in eine kleine Gemeinde

und wollte offenbar vieles hinter sich lassen. Wie erwähnt, hielt er keine grossen Stücke auf mich. Wir standen in keiner Beziehung zueinander, waren uns fremd. Zuneigung oder Fürsorglichkeit hatte ich durch ihn nie erlebt. Während ich die frühen Jahre rekapitulierte, erinnerte ich mich auch wieder an Episoden aus meiner Kindheit und Jugend, die darauf hinweisen, dass ich aus der Familie entfernt wurde, wenn sich die Möglichkeit bot. Als mich eine bösartige Lehrerin bis aufs Blut quälte – und so lange bis ich Auffälligkeiten zeigte – sprach meine Mutter in der Schule vor. In der Folge musste ich mehrere Monate in einer fremden Familie weit weg von zu Hause verbringen. Eine schreckliche Zeit. Dass man mich abschob, wiederholte sich später bei zwei weiteren Gelegenheiten. Ich erinnere mich an panische Angst vor den Söhnen einer Familie, bei der ich leben musste, wobei es in dieser Zeit zu einem vermuteten sexuellen Übergriff kam. Bei einem anderen Aufenthalt weit weg von zu Hause setzten mich missbräuchliche Klosterfrauen unter moralischen Druck, dem ich nicht gewachsen war. Auch darüber wurde in der Familie nie gesprochen.

Vater verkaufte nach Mutters Tod und seinem Wegzug aus dem Dorf, Haus, Hof und Ländereien und verteilte das gelöste grosse Vermögen an seine fünf Kinder. Er tat, was entweder seiner Meinung entsprach, ich sei unfähig, mit Geld umzugehen, oder vielleicht handelte er auch einfach der damaligen Zeit entsprechend, als man Frauen auch in diesem Bereich unisono bevormundete. Er händigte das Vorerbe meinem Mann aus, der damit unser Familienhaus kaufte: Ein grosses und wunderbares Domizil, das ich wie erwähnt, hegte und pflegte, und kurz vor der grossen Krise setzte ich erneut viel Geld aus meinem Vermögen ein, um die Immobilie werterhaltend in die Zukunft zu führen. Bisher dachte ich, mein Wandel, meine Veränderung, meine Wünsche seien Gründe gewesen, weshalb sich mein Mann von mir abwandte, mir die Unterstützung in dieser herausfordernden und harten Zeit verwehrte und so auch die Scheidung provozierte.

Heute weiss ich, dass er instrumentalisiert wurde. Von seiner eigenen Mutter. Ob sie sich für die Zurückweisung durch meinen Vater rächen wollte? Viel eher sah sie in unserer Trennung die Chance, dass, wenn nicht sie, dann doch zumindest ihr Sohn zu Reichtum gelangen wird. Anstatt positiv auf ihn einzuwirken und ihm seine Verantwortung als langjähriger Partner aufzuzeigen, brachte sie ihn gegen mich auf und beeinflusste ihn negativ, wie ich erfahren hatte. Sie wusste offenbar über meinen jüdischen Vater Bescheid. Heute ist es nur schwer vorstellbar, aber früher hatte die Abstammung von ledigen Müttern und unbekannten Vätern zur Folge, dass diese Kinder mit einem Stigma behaftet waren und sie als schwache Mitglieder der Familien und der Gesellschaft nachhaltig diskriminiert wurden. Für möglich halte ich es, dass meine Schwiegermutter, die sich in der Vergangenheit ebenso wie ihr Sohn abfällig über jüdische Mitbürger geäussert hatte, ihr Wissen mit entsprechenden Kommentaren versah und meinen Mann auch in dieser Hinsicht gegen mich aufbrachte.

Mein Mann war in dieser Phase seines Lebens geschwächt, konnte sich den Machenschaften seiner Mutter, die mein Geld für ihn wollte, nicht entziehen und durchschaute die Ränkespiele zumindest am Anfang vermutlich eben so wenig wie ich. Als Folge entzog er mir die Unterstützung und opferte unsere Familie. Unter dem Strich verstiess man mich aus finanziellen Gründen. Ich konnte auf keine Hilfe zählen, realisierte in meiner Naivität nicht, welche Intrigen stattfanden, und die damaligen Bestimmungen des Schweizer Scheidungsrechts sorgten dafür, dass Unrecht umgesetzt werden konnte und ich alles verlor. Eine lebenslange Strafe wurde mir auferlegt, ohne dass man mich, die Beschuldigte und Verurteilte, jemals zu Wort kommen liess.

Die Konsequenzen, die mir durch den Raub der Immobilie und dem Anteil am verbleibenden Vermögen auferlegt wurden, dauern bis zum heutigen Tag an. An der Pensionskasse meines Ex-Mannes wurde ich nicht beteiligt. Beim viel später stattfindenden Verkauf der wertvollen Liegenschaft ging ich leer aus. Meine AHV ist Heute und trotz vieler Jahre Berufstätigkeit klein, und so lebe ich auch von Ergänzungsleistungen, die ich dankbar annehme. Anfänglich interpretierte ich die Gründe für meine "Armut" esoterisch, glaubte, am Geld meines väterlichen Erbes klebe das Blut der Tiere und das Unglück des Vaters, meinte, das Geld nicht verdient zu haben und es auch gar nicht zu wollen: Das Geld musste weggehen, weil es kein gutes Geld war. Heute denke ich anders, weil ich den Tatsachen ins Auge blicken kann und die Gründe kenne, warum ich trotz grossem Vermögen ohne einen Franken in der Tasche ein neues Leben angehen musste.

Tausendmal schlimmer als die finanziellen Konsequenzen bleibt der Verlust meiner Kinder. Auch aus diesem Grund äussere ich mich heute deutlich: Jene Frau, die alles inszenierte und das Schicksal unserer Familie besiegelte, war die Mutter meines Mannes. Gut vernetzt in den Dörfern und der Stadt, war es für sie auch einfach, eine nie belegte

Behauptung im Umlauf zu bringen, die sich bis zum heutigen Tag in den Köpfen festgesetzt hat: „Sie hat die Familie einfach verlassen". Ich wiederhole: Das ist falsch: Man verstiess mich aus eigennützigen Gründen und erfand eine passende Geschichte, die nicht der Wahrheit entsprach, in den Kaffeehäusern und Wirtschaften der Umgebung jedoch willig kolportiert wurde. Warf man mir entsprechende Vorwürfe direkt an den Kopf, reagierte ich jeweils schockiert, wusste nicht, was ich entgegnen sollte und wie ich mich wehren konnte. Jahrzehntelang wurde ich auf wenige Sätze reduziert und meinen weiteren Lebensweg nahm man als Beweis für diese Behauptung. Nach der erzwungenen Trennung liess ich tatsächlich einiges hinter mir, musste mich neu orientieren, musste Wege finden, um weiterleben zu können. Es hiess: "Sie ist auf dem Ego-Trip. Sie will sich selbst verwirklichen". Die Selbstverwirklichung fand in den folgenden Jahren zwar statt, war aber die Folge auf das erlittene Unrecht, das mich in jeder Hinsicht vernichtet zurückliess. Heute korrigiere ich die Geschehnisse und Behauptungen, die man für die Wahrheit hielt. Dass auch meine Kinder für die schlechten Zwecke missbraucht wurden, ist unbeschreiblich und meine Betroffenheit dauert bis zum heutigen Tag an. Und anders als ich lange Jahre geglaubt hatte, konnte ich mich mit ihrer Abwesenheit nie abfinden und schon gar nicht damit abschliessen. Erst als ich die wahren Gründe unserer Trennung erkannte und auch realisierte, dass meine Liebesgedanken ausschliesslich um meine Tochter und meinen Sohn und ihr Wohlergehen kreisen, gelang es mir, mich zu lösen. Ohne sie zu verdrängen oder gar vergessen zu müssen. Ich liebte sie noch immer. Sehr. Aber auf eine andere Art und Weise als früher. Die Hoffnung, dass meine Kinder wieder in mein Leben treten, hege ich nicht mehr. Heute kann ich diese Trennung akzeptieren, denn ich weiss, dass meine Veränderung es ihnen ermöglicht hat, ihren eigenen Weg gut zu gehen. Dieses Wissen vermittelt mir Ruhe und Frieden.

Loslassen

Nachdem ich diese Geschehnisse aufgerollt und genau betrachtet hatte, fiel eine Last von mir. Gleichzeitig wurde mir bewusst, dass ich das mir auferlegte Schicksal mit vielen Hochs und Tiefs meisterte, vom Überleben zu einem erfüllten Leben fand und nie aufhörte, auch schwierigen Themen auf die Spur zu gehen, die mir schlussendlich aufzeigten, wer ich und wer die anderen sind.

Ich erkannte, dass manche Menschen im hohen Alter und wenn sie ihr Leben fast hinter sich haben, entweder sterben, um einen schlimmen Zustand zu verlassen, oder unbedingt am Leben bleiben wollen, weil manches unverarbeitet geblieben ist. Beides finde ich traurig. Weil ich mich der Vergangenheit stellte, konnte ich loslassen, werde gut weiterleben und die Zeit, die noch bleibt, versöhnlich angehen. Die Auseinandersetzung mit der religiösen Spiritualität brachte mir auch in diesem Zusammenhang viel. In Gott eingebettet, finde ich Ruhe und Stabilität und weiss: Wenn man von Gott geleitet ist, ist keine Erfahrung vergeblich. Im Alltag ergeben sich immer noch Situationen, in denen ich unter Druck gerate und negative Gedanken Überhand nehmen. Doch längst weiss ich, dass mir Energie und Kraft gegeben werden, dass ich Antworten erhalte und alles überstehen kann. Ich lernte ihm zu vertrauen, und als ich begriff, dass Gott in uns ist, er meinen Weg bestimmt und mich beschützt, konnte ich auch Verantwortung abgeben. Ab diesem Zeitpunkt war nicht mehr nur alles von mir abhängig: Ich muss mich verändern. Ich muss anderen verzeihen. Nun wurde es übernommen.

Erleichterung, Hoffnung und Versöhnlichkeit sind Themen meines jetzigen Lebens. Nun sehe ich, dass andere Menschen auch gelitten haben. Ich erkenne, dass meine Zurückweisung Gründe hat, die ich nicht nachvollziehen muss und die doch respektiert werden sollen. Dankbarkeit empfinde ich jenen Menschen gegenüber, die trotz allem immer in meinem Leben geblieben sind und mich mit ihren Möglichkeiten unterstützt haben. Mein Überleben und mein gutes Leben sind vor allem auch mit dem Segen von oben verbunden, und in diesem Sinn spürte ich meinen jüdischen Vater ebenfalls als immerwährende Kraft.

Schon länger trug ich mich mit dem Gedanken auf die ganz alten Tage wieder nach Baden zurückzukehren, doch verschiedene Möglichkeiten, die ich im Rahmen alternativer Wohnsituationen für Senioren prüfte, blieben ohne Erfolg, ebenso wie mein Versuch, mit meiner nun hochbetagten Schwester zusammenzuziehen. 2024 ergab sich – der Himmel half mit – eine Gelegenheit die ich intuitiv ergriff. Der Umzug in eine neue, etwas grössere Wohnung im gleichen Haus, bedeutet mir viel und ermöglicht es, dass ich in Locarno bleiben kann. Zum Glück bin ich selbstständig, mache meine Einkäufe und erledige meine Einzahlungen. Seit ich die Medikamente reduziert habe und andere nicht mehr nehme, geht es mir gesundheitlich besser und so kann ich auch wieder das geliebte

Tessin erkunden. Ich bin aktiv, besuche die Kirche, knüpfe in diesem Rahmen neue und spannende Kontakte und finde Kraft in Gott, der mir auch bei der Entstehung dieses Buches behilflich war.

Zu erzählen was alles geschehen ist, festzuhalten wie es wirklich war, ermöglicht mir auch, eines Tages gut sterben zu können: Im Bewusstsein, ein erfülltes und ereignisreiches Leben geführt zu haben, an dessen Ende ich wusste, wer ich bin".

Namen wurden geändert

Inhaltsverzeichnis